문학과지성 시인선 16

이 시대의 사랑

최승자 시집

문학과지성사

문학과지성사에서 펴낸 최승자의 시집

즐거운 日記(1984)
기억의 집(1989)
내 무덤, 푸르고(1993)
쓸쓸해서 머나먼(2010)
빈 배처럼 텅 비어(2016)

문학과지성 시인선 16

이 시대의 사랑

초판 1쇄 발행 1981년 9월 20일
초판 59쇄 발행 2024년 11월 22일

지 은 이 최승자
펴 낸 이 이광호
펴 낸 곳 ㈜문학과지성사

등록번호 제1993-000098호
주 소 04034 서울 마포구 잔다리로7길 18(서교동 377-20)
전 화 02)338-7224
팩 스 02)323-4180(편집) 02)338-7221(영업)
전자우편 moonji@moonji.com
홈페이지 www.moonji.com

ISBN 89-320-0125-1 02810

문학과지성 시인선 16

이 시대의 사랑

최승자

시인의 말

제1부는 올해 1981년에 쓴 시들을 나의 생각대로, 제2부는 1977년부터 1980년까지의 시들을 씌어진 순서대로, 그리고 제3부는 대학 3학년때부터 대학을 그만둔 해까지의 시들을 역시 씌어진 순서대로 묶은 것이다.

최승자

이 시대의 사랑

차례

제2부 1977년~1980년

제3부 1973년~1976년

해설

제1부

1981년 1월～6월

일찌기 나는

일찌기 나는 아무것도 아니었다.
마른 빵에 핀 곰팡이
벽에다 누고 또 눈 지린 오줌 자국
아직도 구더기에 뒤덮인 천년 전에 죽은 시체.

아무 부모도 나를 키워주지 않았다
쥐구멍에서 잠들고 벼룩의 간을 내먹고
아무 데서나 하염없이 죽어가면서
일찌기 나는 아무것도 아니었다

떨어지는 유성처럼 우리가
잠시 스쳐갈 때 그러므로,
나를 안다고 말하지 말라.
나는너를모른다 나는너를모른다.
너당신그대, 행복
너, 당신, 그대, 사랑

내가 살아 있다는 것,
그것은 영원한 루머에 지나지 않는다.

개 같은 가을이

개 같은 가을이 쳐들어온다.
매독 같은 가을.
그리고 죽음은, 황혼 그 마비된
한쪽 다리에 찾아온다.

모든 사물이 습기를 잃고
모든 길들의 경계선이 문드러진다.
레코드에 담긴 옛 가수의 목소리가 시들고
여보세요 죽선이 아니니 죽선이지 죽선아
전화선이 허공에서 수신인을 잃고
한번 떠나간 애인들은 꿈에도 다시 돌아오지 않는다.

그리고 그리고 괴어 있는 기억의 廢水가
한없이 말 오줌 냄새를 풍기는 세월의 봉놋방에서
나는 부시시 죽었다 깨어난 목소리로 묻는다.
어디만큼 왔나 어디까지 가야
강물은 바다가 될 수 있을까.

사랑 혹은 살의랄까 자폭

한밤중 흐릿한 불빛 속에
책상 위에 놓인 송곳이
내 두개골의 殺意처럼 빛난다.
고독한 이빨을 갈고 있는 살의,
아니 그것은 사랑.

칼날이 허공에서 빛난다.
내 모가지를 향해 내려오는
그러나 순간순간 영원히 멈춰 있는.

쳐라 쳐라 내 목을 쳐라.
내 모가지가 땅바닥에 덩그렁
떨어지는 소리를, 땅바닥에 떨어진
내 모가지의 귀로 듣고 싶고
그러고서야 땅바닥에 떨어진
나의 눈은 눈감을 것이다.

해남 대흥사에서

은지의 엄마 아빠에게.
이 시를 은지의 태몽 꿈으로
읽기 바라며

깊은 밤 강물은 바다로 흘러들고
우리의 손은 사랑하는 사람의 손을 찾는다.
우리 몸속에서 오래 잠자던 물살이
문득 깨어나 흐르고

비가 오리라
바다 건너서
그대의 땅을 적시며.

산사의 계곡
하늘의 빈 술잔엔
서푸른 취기의 바람이 일렁이고
지금 어느 산맥 뒤에서
두 연인의 손이 만난다.

네게로

흐르는 물처럼
네게로 가리.
물에 풀리는 알콜처럼
알콜에 엉기는 니코틴처럼
니코틴에 달라붙는 카페인처럼
네게로 가리.
혈관을 타고 흐르는 매독 균처럼
삶을 거머잡는 죽음처럼.

여자들과 사내들

— 김정숙에게

사랑은 언제나
벼락처럼 왔다가
정전처럼 끊어지고
갑작스런 배고픔으로
찾아오는 이별.

사내의 눈물 한 방울
망막의 막막대해로 삼켜지고
돌아서면 그뿐
사내들은 물결처럼 흘러가지만,

허연 외로움의 뇌수 흘리며
잊으려고 잊으려고 여자들은
바람을 향해 돌아서지만,

땅거미 질 무렵
길고 긴 울음 끝에
공복의 술 몇 잔,
불현듯 낄낄거리며 떠오르는 사랑,

그리움의 아수라장.

흐르는 별 아래
이 도회의 더러운 지붕 위에서,
여자들과 사내들은
서로의 무덤을 베고 누워
내일이면 후줄근해질 과거를
열심히 빨아 널고 있습니다.

다시 태어나기 위하여

1

어디까지갈수있을까 한없이흘러가다보면
나는밝은별이될수있을것같고
별이바라보는지구의불빛이될수있을것같지만
어떻게하면푸른콩으로눈떠다시푸른숨을쉴수있을까
어떻게해야고질적인꿈이자유로운꿈이될수있을까

2

어머니 어두운 배 속에서 꿈꾸는
먼 나라의 햇빛 투명한 비명
그러나 짓밟기 잘하는 아버지의 두 발이
들어와 내 몸에 말뚝 뿌리로 박히고
나는 감긴 철사줄 같은 잠에서 깨어나려 꿈틀거렸다
아버지의 두 발바닥은 운명처럼 견고했다
나는 내 피의 튀어 오르는 용수철로 싸웠다
잠은 잠 속에서도 싸우고 꿈의 꿈속에서도 싸웠다

손이 호미가 되고 팔뚝이 낫이 되었다

3

바람 불면 별들이 우루루 지상으로 쏠리고
왜 어떤 사람들은 집을 나와 밤길을 헤매고
왜 어떤 사람들은 아내의 가슴에 손을 얹고 잠들었는가
왜 어느 별은 하얗게 웃으며 피어나고
왜 어느 별은 외마디 비명을 지르며 추락하는가
조용히 나는 묻고 싶었다

인생이 똥이냐 말뚝 뿌리 아버지 인생이 똥이냐 네가 그렇게 가르쳐줬느냐 낯도 모르는 낯도 모르고 싶은 어느 개뼉다귀가 내 아버지인가 아니다 돌아가신 아버지도 살아계신 아버지도 하나님 아버지도 아니다 아니다

내 인생의 꽁무니를 붙잡고 뒤에서 신나게 흔들어대는 모든 아버지들아 내가 이 세상에 소풍 나온 강아지 새끼인 줄 아느냐

4

자신이왜사는지도모르면서 육체는아침마다배고픈시계얼굴을하고 꺼내줘어머니세상의어머니 안되면개복수술이라도해줘 말의창자속같은미로를 나는걸어가고 너를부르면푸른이끼들이 고요히떨어져내리며 너는이미떠났다고대답했다 좁고캄캄한길을 나는 기차화통처럼달렸다 기차보다앞서가는 기적처럼달렸다. 어떻게하면 너를 만날수있을까 어떻게달려야 항구가있는 바다가보일까 어디까지가야 푸른하늘베고누운 바다가 있을까

나의 詩가 되고 싶지 않은 나의 詩

움직이고 싶어
큰 걸음으로 걷고 싶어
뛰고 싶어
날고 싶어

깨고 싶어
부수고 싶어
울부짖고 싶어
비명을 지르며 까무러치고 싶어
까무러쳤다 십 년 후에 깨어나고 싶어

두 편의 죽음

뜬소문 뜬구름처럼
청파동 하숙집 아저씨가 돌아가시고
아침의 검은 전화벨이 울립니다.
밥상머리에서 문득
어머니 아버지라는 종족은 그리운
물의 精 불의 精으로 녹아버리고
밥과 국이 한목소리로 고인의
생전의 말씀을 읊조립니다.

欲死欲死
怏怏發狂

청천하늘에서 검은 배가 다가온다.
우주의 습기를 가득 품고
외계의 모스부호를
단속적으로 흩날리며
죽음은 우리에게 메시지를 보낸다

어느 날 맨해튼에서

존 레논은 죽고
고인이 된 목소리만 떠돌아다닌다.

마마 돈 고우
대디 컴 홈

버려진 거리 끝에서

아직 내 정신에서 가시지 않는
죄의 냄새, 슬픔의 진창에서 죄의 냄새.

날마다 나는 버려진 거리 끝에서 일어나네.
지난밤의 꿈 지나온 길의 죄
살 수 없는 꿈 살지 못한 죄.
그러나 지난밤 어둠 속에서
나의 모든 것을 재고 있던 시계는
여전히 똑같은 카운트다운을 계속하고 있다.

달려라 시간아
꿈과 죄밖에 걸칠 것 없는
내 가벼운 중량을 싣고
쏜살같이 달려라
풍비박산되는 내 뼈를 보고 싶다.
뼛가루 먼지처럼 흩날리는 가운데
흐흐흐 웃고 싶다

꿈꿀 수 없는 날의 답답함

나는 한없이 나락으로 떨어지고 싶었다.

아니 떨어지고 있었다.

한없이

한없이

한없이

…………

……

…

아 썅! (왜 안 떨어지지?)

올여름의 인생 공부

모두가 바캉스를 떠난 파리에서
나는 묘비처럼 외로웠다.
고양이 한 마리가 발이 푹푹 빠지는 나의
습한 낮잠 주위를 어슬렁거리다 사라졌다.
시간이 똑똑 수돗물 새는 소리로
내 잠 속에 떨어져 내렸다.
그러고서 흘러가지 않았다.

앨튼 존은 자신의 예술성이 한물갔음을 입증했고
돈 맥글린은 아예 뽕짝으로 나섰다.
송×식은 더욱 원숙해졌지만
자칫하면 서××처럼 될지도 몰랐고
그건 이제 썩을 일밖에 남지 않은 무르익은 참외라는
뜻일지도 몰랐다.

그러므로, 썩지 않으려면
다르게 기도하는 법을 배워야 했다.
다르게 사랑하는 법
감추는 법 건너뛰는 법 부정하는 법.

그러면서 모든 사물의 배후를
손가락으로 후벼 팔 것
절대로 달관하지 말 것
절대로 도통하지 말 것
언제나 아이처럼 울 것
아이처럼 배고파 울 것
그리고 가능한 한 아이처럼 웃을 것
한 아이와 재미있게 노는 다른 한 아이처럼 웃을 것.

삼십 세

이렇게 살 수도 없고 이렇게 죽을 수도 없을 때 서른
살은 온다.
시큰거리는 치통 같은 흰 손수건을 내저으며
놀라 부릅뜬 흰자위로 애원하며.

내 꿈은 말이야, 위장에서 암세포가 싹트고
장가가는 거야, 간장에서 독이 반짝 눈뜬다.
두 눈구멍에 죽음의 붉은 신호등이 켜지고
피는 젤리 손톱은 톱밥 머리칼은 철사
끝없는 광물질의 안개를 뚫고
몸뚱어리 없는 그림자가 나아가고
이제 새로 꿀 꿈이 없는 새들은
추억의 골고다로 날아가 뼈를 묻고
흰 손수건이 떨어뜨려지고
부릅뜬 흰자위가 감긴다.

오 행복행복행복한 항복
기쁘다우리 철판깔았네

과거를 가진 사람들

추억이 컹컹 짖는다
머나먼 다리 위
타오르는 달의 용광로 속에서
영원히 폐쇄당한 너의 안구,
물 흐르는 망막 뒤에서
목 졸린 추억이 신음한다

그 눈 못 감은 꿈
눈 안 떠지는 생시

너희들 문간에는 언제나
외로움의 불침번이 서 있고
고독한 시간의 아가리 안에서
너희는 다만
절망하기 위하여 밥을 먹고
절망하기 위하여 성교한다.

어느 여인의 종말

어느 빛 밝은 아침
잠실 독신자 아파트 방에
한 여자의 시체가 누워 있다.

식은 몸뚱어리로부터
한때 뜨거웠던 숨결
한때 빛났던 꿈결이
꾸륵꾸륵 새어 나오고
세상을 향한 영원한 부끄러움,
그녀의 맨발 한 짝이
이불 밖으로 미안한 듯 빠져나와 있다.
산발한 머리카락으로부터
희푸른 희푸른 연기가
자욱이 피어오르고
일찌기 절망의 골수분자였던
그녀의 뇌세포가 방바닥에
흥건하게 쏟아져 나와
구더기처럼 꿈틀거린다.

슬픈 기쁜 생일

1

시간의 구정물이 쏟아지는 순간
삶은 푹 젖은 휴지 조각이 되고
오나가나 인생은 퓨즈 타는 냄새를 풍긴다.
쏟아져라 구정물아 타거라 퓨즈야 인생아
누가 불러도 난 안 나갈 거다
청파동에서 베를린까지 눈 꽉 감고 모른 척할 거다.

2

너무도 자유로와 쓸쓸한 세상
너무도 자유로와 무서운 세상
너무도 자유로와 버림받는 세상
아무도 나의 사랑을 받지 않아요
때로 한두 푼의 동전
시들은 장미꽃을 던져주지만
아무도 나의 손을 잡아 일으키지 않아요

3

애비는 역시 전화도 주지 않았다.

그는 내게 뒤통수만 보인 채

하늘 목장 가운데서 양귀비꽃에 물만 주고 있었다.

간간이 내 방까지 빗물이 튀어 내렸다.

어머니가 머릿속으로 들어오셨다.

아가야 뭘 먹고 싶으냐 술이요 알코올이요 술 빚을 누룩이 없으니 그건 안 되겠구나 그런데 얘야 네 머릿속이 왜 이렇게 질척질척하느냐 예 노상 비가 오니까 습기가 차서요 어머니 저기 저 방을 드릴 테니까 거기서 죽은 듯이 사세요 무슨 날이 되어도 무슨 일이 있어도 나와서 참견하지 마세요 네가 어미를 생매장하려드는구나 그래요 나 죽기 전에 엄마 먼저 죽어요 그리고 엄마 엄마 구슬픈 엄마 나 죽어도 내 머릿속에서 나오지 말아요

4

이 꿈에서 저 꿈으로
마음은 옷을 벗고
늙은 살 늙은 말[馬]
아아 병이 올 것 같아
기어갈 힘이 없어
따뜻한 무덤 속에 들어가
감기가 들면 감기약 먹고
누군가 죽으면 부의금을 내리라

5

아무도 없다
누구나 가버린다
그리고 참으로 알 수 없는 날에 나는
또다시 치명적인 사랑을 시작하고,
가리라

저 앞 허공에 빛나는 칼날
내 눈물의 단두대를 향하여
아픔이 아픔을 몰아내고
죽음으로 죽음을 벨 때까지
마침내 뿜어 오르는 내 피가
너희의 잔에 행복한 포도주로 넘치고
그때 보아라 세상의 어머니 아버지여
내가 내 뿌리로 아름답게 피어오르는 것을
나의 불모가 너희의 영원한 풍요가 되는 것을
그리고 마음껏 기쁘게 마셔라
오늘의 나의 피, 내일의 너희의 포도주를

청파동을 기억하는가

겨울 동안 너는 다정했었다.
눈[雪]의 흰 손이 우리의 잠을 어루만지고
우리가 꽃잎처럼 포개져
따뜻한 땅속을 떠돌 동안엔

봄이 오고 너는 갔다.
라일락꽃이 귀신처럼 피어나고
먼 곳에서도 너는 웃지 않았다.
자주 너의 눈빛이 셀로판지 구겨지는 소리를 냈고
너의 목소리가 쇠꼬챙이처럼 나를 찔렀고
그래, 나는 소리 없이 오래 찔렸다

찔린 몸으로 지렁이처럼 오래 기어서라도,
가고 싶다 네가 있는 곳으로.
너의 따스한 불빛 안으로 숨어 들어가
다시 한 번 최후로 찔리면서
한없이 오래 죽고 싶다.

그리고 지금, 주인 없는 헤진 신발마냥

내가 빈 벌판을 헤맬 때
청파동을 기억하는가

우리가 꽃잎처럼 포개져
눈 덮인 꿈속을 떠돌던
몇 세기 전의 겨울을.

우우, 널 버리고 싶어

식은 사랑 한 짐 부려놓고
그는 세상 꿈을 폭파하기 위해
나를 잠가놓고 떠났다.
나는 도로 닫혀졌다.

비인 집에서 나는
정신이 아프고
인생이 아프다.
배고픈 저녁마다
아픈 정신은
문간에 나가 앉아,
세상 꿈이 남아 있는 한
결코 돌아오지 않을 그의
발자국 소리를 기다린다.

우우, 널 버리고 싶어
이 기다림을 벗고 싶어
돈 많은 애인을 얻고 싶어
따듯한 무덤을 마련하고 싶어

천천히 취해가는 술을 마시다
천천히 깨어가는 커피를 마시면서,
아주 잘 닦여진 거울로 보면 내 얼굴이
죽음 이상으로
투명해 보인다

제2부

1977년~1980년

비 오는 날의 재회

하늘과 방 사이로
빗줄기는 슬픔의 악보를 옮긴다
외로이 울고 있는 커피 잔
無爲를 마시고 있는 꽃 두 송이
누가 내 머릿속에서 오래 멈춰 있던
현을 고르고 있다.

가만히 비집고 들어갈 수 있을까.
흙 위에 괴는 빗물처럼
다시 네 속으로 스며들 수 있을까.
투명한 유리벽 너머로
너는 생생히 웃는데
지나간 시간을 나는 증명할 수 없다.
네 입맞춤 속에 녹아 있던 모든 것을
다시 만져볼 수 없다.

젖은 창밖으로 비행기 한 대가 기울고 있다
이제 결코 닿을 수 없는 시간 속으로

첫사랑의 여자

그 여자의 몸속에는 스물다섯에
내가 버린 童貞이 흐르고 있다.
오래전에 떠나온 고향처럼
황량하게, 다시 늘 그리웁게.

그 여자의 두 손가락으로 쉽게 나는 열린다
무한을 향해 스스로 열리는 꽃봉오리처럼.

그 여자가 나를 만지면
스물다섯 살 적의 꿈이 깨어나
물결처럼 나를 감싼다.

선잠

시간은 아득히 별들의 밑을 운행하고 있다.
빈 발자국 소리가 잠 속으로 얽혀든다.
자동차 한 대가 내 머릿속을 질주해 간다.
내 꿈의 지도 위에 분계선을 그으며.
나는 놀라서 깨어난다.
달빛이 무서운 벽화처럼 창에 걸려 있다.
오래 뒤척이며 묵은 공상들은 털어버린다.
하나씩 둘씩 하나씩…… 천천히 몸의 모든
기관이 흐려진다
귀와 눈, 손과 발.
다시 돌아가기 시작하는 내 꿈의 테이프.

저승의 물결 같은 선잠만 오락가락
밤새 내 머릿골을 하얗게 씻어 가누나.

가을의 끝

자 이제는 놓아버리자
우리의 메마른 신경을.
바람 저물고
풀꽃 눈을 감듯.

지난여름 수액처럼 솟던 꿈
아직 남아도는 푸른 피와 함께
땅속으로 땅속으로
오래전에 죽은 용암의 중심으로
부끄러움 더러움 모두 데리고
터지지 않는 그 울음 속
한 점 무늬로 사라져야겠네.

사랑받지 못한 여자의 노래

떠날까요 떠날까요
바람은 묻는데
그 여자는 창가에서
울고 있었다.

떠날까요 떠날까요
파도는 묻는데
그 여자는 천천히
허공에 눕고 있었다.
파도치는 바람 한 자락으로
눕고 있었다.

(허공에 그녀를 방임해놓은
사랑의 저 무서운 손!)

내 청춘의 영원한

이것이 아닌 다른 것을 갖고 싶다.

여기가 아닌 다른 곳으로 가고 싶다.

괴로움

외로움

그리움

내 청춘의 영원한 트라이앵글.

이제 나의 사랑은

종기처럼 나의 사랑은 곪아
이제는 터지려 하네.
메스를 든 당신들.
그 칼 그림자를 피해 내 사랑은
뒷전으로만 맴돌다가
이제는 어둠 속으로 숨어
종기처럼 문둥병처럼
짓물러 터지려 하네.

크리스마스이브의 달

미아리 날맹이 위로 뜨는 크리스마스이브의 달
망우리 산 너머 망자들의 등 뒤로 뜨는 달
습기를 품은 밤공기는 외로와 외로와
산을 껴안고 눈으로 내릴까
바다에 닿아 바로 풀릴까
땅 위의 노래는 아직 어지럽고
달무리 하얀 피로 번지는데
괴로와 괴로와 우리들은 모두
어디로 떨어지고 있는 유성인가

버림받은 자들의 노래

자 우리들은 지상에서 떠난다
뼈아픈 사랑
단발마의 비명 같은 사랑 남기고
더러운 정 더러운 정
땅속으로 땅속으로
어딘가 깊은 웅덩이로 모여
恨의 못을 이루리라
우리들의 사랑

밤

사악한 밤이 밀려온다.
밤의 창자 속에는
갖가지 요사스런 소리가 떨고 있다.
유령의 숨결로 가득 찬
밤의 기류, 그 틈에서 언제나
나를 덮치기 위해
마악 손을 내뻗고 있는
저 튼튼한 죽음의 팔뚝.

내 허약한 유리창으로
저 검은 물결을 막아낼 수 있을까
나의 정신과 몸뚱이 속으로
이입해 들어오려고
창밖에서 파도처럼 뒤끓고 있는
밤의 기류를.

밤의 거대한 해안에서
저승의 물결에 씻기우는
작은 조개껍데기

이윽고 어느 날인가 죽음의
부릅뜬 입술 안으로 빨려 갈
빈 조개껍데기

장마

넋 없이 뼈 없이
비가 온다
빗물보다 빗소리가 먼저
江을 이룬다
허공을 나직이 흘러가는
빗소리의 강물
내 늑골까지 죽음의 문턱까지
비가 내린다
물의 房에 누워
나의 꿈도 떠내려간다

북

마음의 뒤쪽에선 비가 내리고
그 앞에는 반짝반짝 웃는 나의 얼굴
에나멜처럼 반짝이는
저 단단한 슬픔의 이빨.

어머니 북이나 쳤으면요.
내 마음의 얇은 함석지붕을 두드리는
산란한 빗줄기보다 더 세게 더 크게,
내가 밥 빌어먹고 사는 사무실의
낮은 회색 지붕이 뚫어져라 뚫어져라,
그래서 햇살이 칼날처럼
이 회색의 급소를 찌르도록
어머니 북이나 실컷 쳐봤으면요.

허공의 여자

나의 꿈속은 바람 부는 무법천지
그 누가 부르겠는가
막막 무심중에 떠 있는 나를.

다가오지 마라!
내 슬픔의 장칼[長劍]에
아무도 다가오지 마라.
내가 버히고 싶은 것은
오직 나 자신일 뿐……

하늘의 망루 위에
내 기다림을 세워놓고
시간이여 나를 눕혀라
바람 부는 허공의 침상 위에
머리는 이승의 꿈속에 처박은 채
두 발은 저승으로 뻗은 채.

청계천 엘레지

회색 하늘의 단단한 베니어판 속에는
지나간 날의 자유의 숨결이 무늬 져 있다.
그리고 그 아래 청계천엔
내 허망의 밑바닥이 지하 도로처럼 펼쳐져 있다.
내가 밥 먹고 사는 사무실과
헌책방들과 뒷골목의 밥집과 술집,
낡은 기억들이 고장 난 엔진처럼 털털거리는 이 거리
내 온 하루를 꿰고 있는 의식의 카타콤.

꿈의 쓰레기 더미에 파묻혀,
돼지처럼 살찐 권태 속에 뒹굴며
언제나 내가 돌고 있는 이 원심점,
때때로 튕겨져 나갔다가 다시
튕겨져 들어와 돌고 있는 원심점,
'그것은 슬픔'

부질없는 물음

햇빛이 점점 남루해지는
저물녘 거리에서
먼지처럼 떠돌며
나는 본다.

내 그리움의 그림자들이
짓밟히며 짓밟히며
다시 일어서는 것을.
집과 거리와 나무들이
소리 없이 흔들리며
세상을 향한
내 울음의 통로를 만드는 것을.

꿈에서도 그리운 아버지 태양이여,
어머니이신 세상이여,
어째서 내 존재를 알리는 데에는
이 울음의 기호밖에 없을까요?

(울며 절뚝 불며 절뚝

이 거리 한 세상을 저어 가나니
가야지,
그리고 나의 사랑은 떨어야지)

외롭지 않기 위하여

외롭지 않기 위하여
밥을 많이 먹습니다
괴롭지 않기 위하여
술을 조금 마십니다
꿈꾸지 않기 위하여
수면제를 삼킵니다.
마지막으로 내 두뇌의
스위치를 끕니다

그러던 온밤 내 시계 소리만이
빈방을 걸어다니죠
그러나 잘 들어보세요
무심한 부재를 슬퍼하며
내 신발들이 쓰러져 웁니다

술독에 빠진 그리움

무수한 꿈이 그녀를 짓밟았다
독한 희망에 그녀는 썩어갔다
그리고 오늘 밤 또다시 바람은
하늘 밖에서 그녀를 부르고
오오 벼락 치는 그리움에
절망이 번개 광선처럼
그녀의 뇌 속에 침투한다
그녀의 머리통이 깨어지고
꿈이 좌르르 쏟아진다
뇌수와 함께.

너의 약혼 소식을 들은 날 너에게

(아름다운 밤 멈추고 싶었다
행복의 그늘 아래서.
괴로운 밤 멈추고 싶었다
죽음의 그늘 아래서.)

한없이 길어가는
꿈의 한중간에서
누가 나를 부른다.
돌아보면 숨어서 흔들리는
지난날의 그림자
그 시간의 유리 무덤 속에
아아 보인다
스쳐 간 너의 얼굴
스쳐 간 네 한숨의 옷자락.

가고프다! 구름이 파도치는 곳.
가고프다! 그리운 살 속 깊이
추억의 잔이 흘러넘치는 곳.

그리하여 오늘 밤
내 꿈의 모가지 하나
빗속 천 리 온 하늘을 헤맨다.

시인 이성복에게

현기증 꼭대기에서 어질머리 춤추누나,
아름다운 꼽추 찬란한 맹인.
환상이 네 눈을 갉아먹었다.
현실이 네 눈에 개 눈을 박았다.
(그래서 네겐 바람의 빛깔도 보이지)

가장 낮은 들판을 장난질하며
흐르는 물, 물의 난장이
가장 높은 산맥을 뛰어넘는
키 큰 바람, 바람의 거인

행복이 없어 행복한 너
절망이 모자라 절망하는 너
무엇이나 되고 싶은 너
아무것도 되고 싶지 않은 너

영원히 펄럭이고저!
눈알도 아니 달고
척추도 없이

(가기도 잘도 간다

………………

바다의 날개……

하늘의 지느러미……)

외로움의 폭력

내 뒤에서 누군가 슬픔의
다이너마이트를 장치하고 있다.

요즈음 꿈은 예감으로 젖어 있다.
무서운 원색의 화면,
그 배경에 내리는 비
그 배후에 내리는 피.
죽음으로도 끌 수 없는
고독의 핏물은 흘러내려
언제나 내 골수 사이에서 출렁인다.

물러서라!
나의 외로움은 장전되어 있다.
하하, 그러나 필경은 아무도
오지 않을 길목에서
녹슨 내 외로움의 총구는
끝끝내 나의 뇌리를 겨누고 있다.

제3부

1973년~1976년

부끄러움

그대 익숙한 슬픔의 외투를 걸치고
한낮의 햇빛 속을 걸어갈 때에
그대를 가로막는 부끄러움은
떨리는 그대의 잠 속에서
갈증 난 꽃잎으로 타들어가고
그대와 내가 온밤 내 뒹굴어도
그대 뼈 속에 비가 내리는데
그대 부끄러움의 머리칼
어둠의 발바닥을 돌아 마주치는 것은 무엇인가

내력

이제 그대의 오랜 내력에 대해 이야기하라.
머리채 휘두르는 실의의 밤바다 위에서
천 밤을 떠도는 의식의 별,
그대의 비인 뼛속에 몸져누운 어둠에 대해
끝내 쿨럭이며 돋아나는 회한과
무엇이 폐 벽을 뚫고 웅웅대는가를.

닿을 길 없이 무수히 떠나는 그림자를 좇아
한 마리 미친 말을 타고 달리는 그대
그대 의식의 문 뒤에서 숨어 우는 자유와
달빛에도 부끄러운 생채기마저 이야기하라.

간간 뼈앓이 하는 밤바다에서
피 묻은 부리로 상징을 물고 돌아오는 백조
감성의 늪에서 부끄러운 울음 우는
짐승에 대해 다시금 이야기하라.

봄밤

적막히 녹아드는 햇빛 소리만
굴러다니는 비인 바람 소리만
실은 겨우내 말라붙은 꿈을 적시며
오늘밤 어질머리 푸는 비의 관능을
떠도는 발들의 아픔을

어둠 속 잇몸들의 덧없는 입맞춤 사이
밤새 홀로 사무치는 머리칼 사이
실은 고적한 곳으로 흘러가는 마음을
조금씩 서걱이며 부서지며
아직도 남아 있는 부끄러운 뼈를

묻지는 말고 그대여
눈물처럼 애욕처럼
그대의 혀끝으로 적셔주려나
깊게, 절망보다 깊게.

황혼

저무는 어디에서 기다리리.
알 수 없는 뿌리로 떠돌다
病의 끝에서 만나는
그리운 그리운 肉身들
지친 홀로의 이름들이
저세상 바람 소리 빗소리
독한 노래로 젖어들 때
이 무게를 지워다오
이 무게를 지워다오
몸부림치는 저승의 달빛

사물이 저 혼자서 저문다
세상 밖으로 그대는
그대의 뿌리를 내린다.

사랑하는 손

거기서 알 수 없는 비가 내리지
내려서 적셔주는 가여운 안식
사랑한다고 너의 손을 잡을 때
열 손가락에 걸리는 존재의 쓸쓸함
거기서 알 수 없는 비가 내리지
내려서 적셔주는 가여운 평화

잠들기 전에

잠들기 전에 하늘님

내 몸의 먼지를

淸天의 눈물로 씻어주세요

오래된 어둠의 정액도 씻어주시고

한밤 내 그냥 처녀로 두어주세요

아침이 되기 전에 하늘님

내 어둠의 목숨에도

한 차례 폭풍우를 주시어

돌아오는 아침 최초의 햇빛 속에

깨끗한 새순을 내밀었으면요

넝쿨넝쿨 이쁘게 뻗었으면요

이 시대의 사랑

불러도 삼월에는 주인이 없다
동대문 발치에서 풀잎이 비밀에 젖는다.

늘 그대로의 길목에서 집으로
우리는 익숙하게 빠져들어
세상 밖의 잠 속으로 내려가고
꿈의 깊은 늪 안에서 너희는 부르지만
애인아 사천 년 하늘빛이 무거워
'이 강산 낙화유수 흐르는 물에'
우리는 발이 묶인 구름이다.

밤마다 복면한 바람이
우리를 불러내는
이 무렵의 뜨거운 암호를
죽음이 죽음을 따르는
이 시대의 무서운 사랑을
우리는 풀지 못한다

편지

이제는 부끄럽지도 슬프지도 않습니다.
모든 사물의 뒤, 詩集과 커피 잔 뒤에도
막막히 누워 있는 그것만 바라봅니다.

정처 없던 것이 자리 잡고
머릿골 속에서 쓸쓸함이 중력을 갖고
쓸쓸함이 눈을 갖게 되고
그래서 볼 수 있습니다

꽃의 웃음이 한없이 무너지는 것을
밤의 달빛이 무섭게 식은땀 흘리는 것을
굴뚝과 벽, 사람의 그림자 속에도
몰래몰래 내리는 누우런 황폐의 비
그것이 살아 있는 모든 것의 발바닥까지
어떻게 내 목구멍까지 적시는지를

눈 꼭 감아 뒤로 눈이 트일 때까지,
죽음을 향해 시야가 파고들 때까지
아주 똑똑히 볼 수 있습니다.

내 속에서 커가는 이 치명적인 꿈을.

그러면서 나의 늑골도 하염없이 깊어지구요.

수면제

대낮에 서른세 알 수면제를 먹는다.
희망도 무덤도 없이 위 속에 내리는
무색투명의 시간.
온몸에서 슬픔이란 슬픔,
꿈이란 꿈은 모조리 새어 나와
흐린 하늘에 가라앉는다.
보이지 않는 적막이 문을 열고
세상의 모든 방을 넘나드는 소리의 귀신.
(나는 살아 있어요 살 아 있 어 요)
소리쳐 들리지 않는 밖에서
후렴처럼 머무는 빗줄기.

죽음 근처의 깊은 그늘로 가라앉는다.
더 이상 흐르지 않는 바다에 눕는다.

억울함

사공이 사라진 하늘의 뱃전
구름은 북쪽으로 흘러가고
청춘도 病도 떠나간다
사랑도 詩도 데리고

모두 떠나가 다오
끝끝내 해가 지지도 않는 이 땅의
꽃 피고 꽃 져도
남아도는 피의 외로움뿐
죽어서도 철천지 꿈만 남아
이 마음의 毒은 안 풀리리니

모두 데려가 다오
세월이여 길고 긴 함정이여

비 · 꽃 · 상처

하늘에서 푸른 물의 상처가 내린다.
떠도는 스물넷의 이마 위에,
하나씩 버리며 벗어버리며
내가 마지막으로 눕는 꿈 위에
쏟아지는 비의 푸른 채찍질.

꽃잎에서 슬픔의 수액이 돋는다.
부끄럽게 비어버린 알몸에
죽은 꿈의 문신이 돋아난다.
시간이 황량하게 고인다.

누가 열렬한 슬픔의 눈을 뜨고
꽃의 중심에서 울고 있나
하나씩 꿈을 떠나보내며
누가 빈 몸으로 울고 있나

허리에 감기는 비의 푸른 채찍
꽃. 상처. 스물넷.

무서운 초록

땅이 비밀의 열기를 뿜는다.
새소리가 허공에서 시든다.
흰 하늘이 가만히 물러나고
몸 저린 잎잎이 뒤척인다.
갈증 난 푸르름이 점점 커진다.
마침내 초록의 무서운 공황이 쏟아진다.
모든 것은 끝나리라.
시간은 멈추리라.
공중에서 불타는 초록의 비웃음.

땅 밑으로 밑으로 수액이 빨려 들어간다.
빈사의 공간이 너울거린다.
태양이 영원히 정지한다.
세상엔 귀신 같은 푸르름만 남는다.

새

누가 젖은 덤불 속에서
五官의 마디를 풀고 있다.

무거운 인연을 하나씩 벗으며
출렁이는 욕망도 쏟아버리고
오직 청동빛 목청 하나만으로
세월의 긴 함정을 뛰어넘는
그리운 저 親族의 얼굴.

하루의 가장 빛나는 힘으로
　　　　푸른 하늘에
　　　　　투신하는
　　　　　　새.

자화상

나는 아무의 제자도 아니며
누구의 친구도 못 된다.
잡초나 늪 속에서 나쁜 꿈을 꾸는
어둠의 자손, 암시에 걸린 육신.

어머니 나는 어둠이에요.
그 옛날 아담과 이브가
풀섶에서 일어난 어느 아침부터
긴 몸뚱어리의 슬픔이에요.

밝은 거리에서 아이들은
새처럼 지저귀며
꽃처럼 피어나며
햇빛 속에 저 눈부신 天性의 사람들
저이들이 마시는 순순한 술은
갈라진 이 혀끝에는 맞지 않는구나.
잡초나 늪 속에 온몸을 사려감고
내 슬픔의 毒이 전신에 발효하길 기다릴 뿐

배 속의 아이가 어머니의 사랑을 구하듯
하늘 향해 몰래몰래 울면서
나는 태양에의 사악한 꿈을 꾸고 있다.

너에게

마음은 바람보다 쉽게 흐른다.
너의 가지 끝을 어루만지다가
어느새 나는 네 심장 속으로 들어가
영원히 죽지 않는 태풍의 눈이 되고 싶다.

걸인의 노래

모르겠네 모르겠네
흘러가는 시간과 손금 사이로
무엇이 사라지고 있는지.
자꾸 누울랴고 하는 病처럼
아직도 꿈의 身熱은 높고
쏟아지는 햇빛 속에서는
배가 고파 배가 고파
모르겠네 모르겠네

만리포 마카로니웨스턴

원주민이 떠나간 구식의 거리
주인 없는 개들이 떠돌고 있다.
숨죽인 파도의 밑뿌리가
비인 집집으로 스며들고
아직도 남아 있는 지난여름의 죄와
질척이는 모래,
마카로니웨스턴의 거리를 지나

그러나 만리포 앞바다에서
누가 어젯밤의 꿈을 헤아릴 것인가
나의 등 뒤에서 비인 집과 바람
떠도는 개들이 수상한 몸짓으로 흔들리고

나는 지금 보고 있다
큰 바다의 이제 터지는 용암이
태양을 겨누어 일제히 솟구치는 것을.

죽은 기억들을 밀어내며
내 머릿속에서 뜨겁게 뛰노는 물결

해변가 쏟아지는 햇빛 속에서

배가 고파 배가 고파

만리포 큰 바다와 혼자서 살아 있다

불안

깊은 밤하늘 위로
숨죽이며 다가오는 삿대 소리.
보이지 않는 허공에서
죽음이 나를 겨누고 있다.
어린 꿈들이 풀숲으로 잠복한다.
풀잎이 일시에 흔들리며
끈끈한 액체를 분비한다.
별들이 하얀 식은땀을 흘리기 시작한다.
쨍! 죽음이 나를 향해 발사한다.
두 귀로 넘쳐 오는 사물의 파편들.
어둠의 아가리가 잠시 너풀거리고
보라! 까마귀 살점처럼 붉은 달이
허공을 흔들고 있다.

사랑의 방법

김치수
(문학평론가)

시인은 누구나 자기의 삶을 행복으로 노래하거나 불행으로 노래한다. 이 두 가지는 모두 자기 자신에 대한 사랑, 자기 주변에 대한 사랑, 자기 시대에 대한 사랑의 방법이다. 행복으로 노래하는 시인은 삶의 여러 가지 양상 가운데 불행이 없는 삶에 대한 기원을 가지고 있는 것이고 불행으로 노래하는 시인은 행복이 있는 삶에 대한 기원을 가지고 있다. 그러나 이 두 가지 기원은 사실은 시인의 이상주의적 성격에서 비롯된다. 왜냐하면 현실적으로 삶은 행복과 불행을 항상 함께 가지고 있는 것이기 때문이다. 하지만 여기에서 시인의 삶이란 일상적인 삶 자체를 의미하는 것이 아니라 언어의 삶을 의미한다. 따라서 시의 언어는 일상적 언어에서 빌려온 것이지만 그 고유의 질서를 가지고 있고 일상적 언어와는 다른 또 하나의 의미와 내포를 지향한다.

최승자의 시는 대단히 강렬한 일상적 언어들이 서로 부딪치고 화해하는 언어의 드라마로 보인다. 여기에서 드라마란 시인이 의식의 싸움에서 앓고 있는 정신적인 고통의 과정이다. 정신적인 병은 다른 증세로 나타나는 것이 아니라 시를 쓰는 증세로 나타난다. 그러나 시를 쓰는 행위는 일종의 즐거움의 행위가 아니다. 그것은 시인의 의식 속에서 경험하는 아무것도 할 수 없는 상황과의 갈등 때문에 시밖에 쓸 수 없는 자아의 인식으로 나타나는 병이다. 그러나 그 병은 치유될 수 있는 것이 아니라 숙명처럼 지니고 사는 시인을 시인이게끔 하는 역할을 하고 있다. 그것을 어느 시인은 시인의 '저주받은 운명'이라고 표현하고 있지만, 최승자는 자아와 그 자아를 둘러싸고 있는 모든 것과의 갈등 속에서 자신의 외로움으로 표현하고 있다.

사공이 사라진 하늘의 뱃전
구름은 북쪽으로 흘러가고
청춘도 病도 떠나간다
사랑도 詩도 데리고

모두 떠나가 다오

끝끝내 해가 지지도 않는 이 땅의
꽃 피고 꽃 져도
남아도는 피의 외로움뿐
죽어서도 철천지 꿈만 남아
이 마음의 病은 안 풀리리니

모두 데려가 다오
세월이여 길고 긴 함정이여

—「억울함」 전문

여기에서 청춘과 사랑이 동류항同類項으로 쓰이고 있는 반면에 이의 대칭으로서 병病과 시詩가 동류항으로 쓰이고 있다. 그렇다면 이 시인의 '사랑'의 실패는 시인으로 하여금 '모두 떠나가 다오' '데려가 다오'라는 표현을 통해서 혼자서의 '외로움'을 견디겠다는 의지를 나타내고 있는 것 같지만 사실은 이것이 일종의 반어법反語法인 것이다. 사랑의 떠남 때문에 외로울 수밖에 없는 시인의 정신은 '마음의 독毒'이 어느 것으로도 풀리지 않을 것을 알고 있기 때문에 모든 것이 떠나가 주기를 기원하고 있지만, 사실은 모든 것이 사랑과 함께 있어주기를 바라고 있다. 특히 아직 20대의 나이로서 '세월이여 길고 긴 함정이여'라고 외칠 수 있는 것은 '청춘' 시절의 '사랑'의 상처가 그만큼 큰 것이기 때문이리

라. 그렇다면 이 시인에게 있어서 '사랑'이란 무엇인가?

최승자의 시에서 '사랑'을 다룬 시들이 많다.

① 거기서 알 수 없는 비가 내리지
내려서 적셔주는 가여운 안식
사랑한다고 너의 손을 잡을 때
열 손가락에 걸리는 존재의 쓸쓸함
거기서 알 수 없는 비가 내리지
내려서 적셔주는 가여운 평화

—「사랑하는 손」 전문

② 종기처럼 나의 사랑은 곪아
이제는 터지려 하네.
메스를 든 당신들.
그 칼 그림자를 피해 내 사랑은
뒷전으로만 맴돌다가
이제는 어둠 속으로 숨어
종기처럼 문둥병처럼
짓물러 터지려 하네.

—「이제 나의 사랑은」 전문

③ 사랑은 언제나
벼락처럼 왔다가

정전처럼 끊어지고

갑작스런 배고픔으로

찾아오는 이별.

—「여자들과 사내들」 부분

①에서의 사랑은 대상과 함께 있는 사랑이다. 그러나 그 사랑은 전부로서의 사랑이 아니다. '가여운 안식' '가여운 평화'로서의 사랑이어서 열 손가락에 의해서만 만나는 흡족하지 못한 것이다. 이 미흡한 사랑을 통해서 확인하는 것은 '존재의 쓸쓸함'이지만, 이러한 사랑이 ②에 와서는 '뒷전으로만 맴돌'고 '어둠 속으로 숨어' 있는 것이 된다. 그래서 이 사랑은 남의 눈에 띄지 않으려는 속성을 가지고 있는 종기처럼 안에서 곪게 되는 터부가 된다. 이처럼 터부와 같은 성질을 띤 사랑은 언제나 '칼 그림자'의 위협 속에서 은밀한 가운데 진행되지만 언젠가는 그 위협 속에서 견디지 못하여 스스로 곪아 터질 것을 예감하고 있다. 그리고 그 예감이 현실로 드러났을 때 시인은 자신의 삶을 '저주받은 운명'처럼 괴로워하고 사랑의 다른 표현인 증오의 비밀을 갖는다. 그렇기 때문에 ③에서 사랑의 순간 뒤에 찾아오는 이별을 허기진 듯이 덤벼드는 것으로 이야기하면서 "여자들과 사내들은/서로의 무덤을 베고 누워/내일이면 후줄근해질 과거를/열심히 빨아 널고 있습니다"라는 단정

을 내린다. 그것은 이별의 아픔을 통해 진정한 사랑의 불가능을 겪은 경험으로부터 나온 것이다.

실패한 사랑의 경험은 범속한 일상성을 행복으로 받아들이지 못하는 시인의 충만된 의식에 의해 이룩된다.

> 회색 하늘의 단단한 베니어판 속에는
> 지나간 날의 자유의 숨결이 무늬 져 있다.
> 그리고 그 아래 청계천엔
> 내 허망의 밑바닥이 지하 도로처럼 펼쳐져 있다.
> 내가 밥 먹고 사는 사무실과
> 헌책방들과 뒷골목의 밥집과 술집,
> 낡은 기억들이 고장 난 엔진처럼 털털거리는 이 거리
> 내 온 하루를 꿰고 있는 의식의 카타콤.
> 꿈의 쓰리기 더미에 파묻혀,
> 돼지처럼 살찐 권태 속에 뒹굴며
> 언제나 내가 돌고 있는 이 원심점,
> 때때로 튕겨져 나갔다가 다시
> 튕겨져 들어와 돌고 있는 원심점,
> '그것은 슬픔'
>
> —「청계천 엘레지」 전문

여기에서 시인은 지금의 일상적 생활 이전에 있었던 의식의 상태를 '자유'로 비유하면서 자신을 사무실 안

의 실내 장식인 베니어판 속에 갇혀 있는 것으로 인식한다. 그래서 그 보이지 않는 지하에 흐르고 있는 청계천처럼 자아의 내면에 '허망'과 같은 공허가 감추어져 있는 자아를 의식하게 되고, 젊은 시절에 드나들던 헌 책방, 싸구려 밥집과 술집들이 자유의 추억으로서만 존재할 뿐 지금은 그 보잘것없는 추억의 장소들이 자신의 의식과 유화되고 있는 것이 아니라 유리되고 있는 것이다. 그렇기 때문에 지금은 일상적 자아는 옛날의 실현되지 않은 꿈들이 버려져 있는 쓰레기 더미 속에 파묻혀 있는 것이 되지만 떠나려고 하면서도 주위만 맴돌 뿐 항상 되돌아오는 슬픈 운명을 되풀이한다. 이처럼 시인은 자신의 일상적 자아 속에 충족되지 않은 공백을 의식하고 있는데, 그것은 일상적 편안함 속에 도사리고 있는 함정에 대해서 눈을 똑바로 뜨고 자아의 내면을 관찰하고자 하는 의식의 소산이다. 그러나 그러한 의식은 이 시인에게서 거의 운명론적 불행으로 나타나고 있다.

나는 아무의 제자도 아니며
누구의 친구도 못 된다.
잡초나 늪 속에서 나쁜 꿈을 꾸는
어둠의 자손, 암시에 걸린 육신.

어머니 나는 어둠이에요.

그 옛날 아담과 이브가
풀섶에서 일어난 어느 아침부터
긴 몸뚱어리의 슬픔이에요.

밝은 거리에서 아이들은
새처럼 지저귀며
꽃처럼 피어나며
햇빛 속에 저 눈부신 天性의 사람들
저이들이 마시는 순순한 술은
갈라진 이 혀끝에는 맞지 않는구나.
잡초나 늪 속에 온몸을 사려감고
내 슬픔의 毒이 전신에 발효하길
기다릴 뿐

뱃속의 아이가 어머니의 사랑을 구하듯
하늘 향해 몰래몰래 울면서
나는 태양에의 사악한 꿈을 꾸고 있다.

—「자화상」 전문

비교적 초기작으로 보이는 이 시에서 볼 수 있는 것처럼 시인은 자신의 운명을 '어둠의 자손' '암시에 걸린 육신'으로 표현하고 있다. 아담과 이브의 원죄의 상징인 뱀의 슬픈 운명("긴 몸뚱어리의 슬픔이에요")처럼 모든 사람들로부터 기피의 대상이 되고 모든 사람들과 어울리지 못하도록 기어 다니는 운명(어둠)이 된다. 그리하여 자신의 의식의 불행 때문에 일상적인 행복과는 상관없이 태어난("저이들이 마시는 순순한 술은/갈라진 이 혀끝에는 맞지 않는구나") 자아 속에서 '슬픔의 독毒'이 발효하기를 기다리는데, 바로 그 과정이 시詩가 되고 있는 것이다. 자아와 대상, 자아와 일상, 자아와 상황과의 이 숙명적인 괴리의 인식은 따라서 시인으로 하여금 일상적인 관계를 부인하게 만든다. "아무의 제자도 아니며/누구의 친구도 못 된다"고 하는 부정은 물론이거니와 심지어는 인간의 가장 원초적인 혈연관계마저도 부인되고 있는 것이다. "아무 부모도 나를 키워주지 않았다"(「일찌기 나는」)고 하는 것은 그러나 사실은 일상적 관계를 부정한다기보다는 자기 자신의 '부재不在'를 이야기하기 위한 것이다. 여기에서 "일찌기 나는 아무것도 아니었다"고 하는 자신의 '부재'는 "너당신그대, 행복/너, 당신, 그대, 사랑"처럼 일상적인 언어 속에 '루머'로서만 존재하는 자아의 인식이며 따라서 '부재'와 다름없는 것이다.

이와 같이 철저한 부정은 사실은 철저한 긍정의 바람 때문에 가능한 것이다. 그것은 "돌아가신 아버지도 살아계신 아버지도 하나님 아버지도 아니다 아니다"고 하는 끝없는 부정이 "다시 태어나기 위하여" 행해진 부정이라는 데서 찾아질 수 있을 것이다. 자신의 삶을 행복한 것으로 생각하는 것이 낙관주의의 한 표현이고 자신의 삶을 불행한 것으로 생각하는 것이 비관주의의 한 표현이라면 이 두 가지는 방법의 차이가 있는 동일한 사랑에 근거를 두고 있다. 그러나 진정한 행복에 도달하기 위해서는 후자가 보다 적극적인 의미를 갖게 된다고 보아도 무리가 없을 것이다. 왜냐하면 시인의 이상주의는 언제나 자신의 존재에 대한 비극적인 인식으로부터 출발하고 있기 때문이며 현실과는 다른 꿈으로 가득 차 있기 때문이다.

움직이고 싶어
큰 걸음으로 걷고 싶어
뛰고 싶어
날고 싶어

깨고 싶어
부수고 싶어
비명을 지르며 까무러치고 싶어
까무러쳤다 십 년 후에 깨어나고 싶어

—「나의 詩가 되고 싶지 않은 詩」 전문

욕망과 의지의 표현으로만 나타나고 있는 시는 그러

한 괴리를 극복하는 데 성공적으로 도달할 수 없는 시인의 비극적 운명을 나타내면서 동시에 움직이지 않는 시 정신이 썩을 수밖에 없다는 시인의 의식을 드러내준다. 그렇기 때문에 다음의 시는 이 시인의 시론이면서 동시에 시인의 사랑의 방법인 것이다.

> 그러므로, 썩지 않으려면
> 다르게 기도하는 법을 배워야 했다.
> 다르게 사랑하는 법
> 감추는 법 건너뛰는 법 부정하는 법.
> 그러면서 모든 사물의 배후를
> 손가락으로 후벼 팔 것
> 절대로 달관하지 말 것
> 절대로 도통하지 말 것
> 언제나 아이처럼 울 것
> 아이처럼 배고파 울 것
> 그리고 가능한 한 아이처럼 웃을 것
> 한 아이와 재미있게 노는 다른 한 아이처럼 웃을 것.
>
> —「올여름의 인생 공부」 부분

따라서 이 시인의 사랑은 집단적이면서 동시에 개인적이고, 실패한 것이면서 성공한 것이고, 절망이면서 극복인 것이고 죽음이면서 삶이 된다. ▨